나에게로 가는 꽃

시와소금 시인선 · 142

나에게로 가는 꽃

강영환 시집

시와소금

┃강영환

• 경남 산청에서 태어났다. 1977년 동아일보 신춘문예, 1979년 『현대문학』으로 시, 1980년 동아일보 신춘문예에 시조로 등단하였다.

• 시집으로 『칼잠』 『불순한 일기 속에서 개나리가 피었다』 『뒷강물』 『푸른 짝사랑에 들다』 『술과 함께』 『쑥대밭머리』 『숲속의 어부』 『달 가는 길』 『누구나 길을 잃는다』 외 다수가 있다. 시조집으로 『북창을 열고』 『남해』 『모자 아래』와 지리산 연작시집으로 『불무장등』 『벽소령』 『다시 지리산을 간다』 등이 있으며, 산문집으로 『술을 만나고 싶다』가 있다.

• 이주홍문학상, 부산작가상, 부산시문화상 등을 수상하였다.

침묵도 언어다
향기가 난다
꽃이 시다

말이 많아져도 될까
빛을 뽑아 꽃에다 나를 쓴다
아직도 난 배가 고프다

《시와소금》에 감사를 전한다

2022. 봄
강영환

| 차례 |

| 시인의 에스프리 |

제1부 가시연꽃에서 들국화까지

제2부 만병초에서 산딸나무꽃까지

제3부 산목련에서 자목련까지

제4부 자운영에서 흑장미까지

제 **1** 부

가시연꽃에서
들국화까지

가시연꽃
— 뜨거운 함성

우포늪 물안개를 뚫고 솟아오른 꽃
꽃을 피워 나비를 부르지만 깃발 뜨거운 피 쏟아 내었기에
물 위에 뜬 가시로 지은 집은 흘러가지 못한다

거리에 나서 독립 만세를 부르짖던 외침이 영어囹圄에 빠뜨린
일이라면
형극荊棘 쌓인 방에서 띄워 올린 깃발은 유관순
뜨거운 그대 이름에 핀 꽃이다

이제 그대 안에 누구도 들이지 말라
그대 가는 길은 가시밭길이 아니다
가시 두른 몸이 피운 사랑이다

각시붓꽃
― 숨어 사는 눈물

낯익은 너는 누구 각시더냐 얼굴 다시 한번 보자
매화나무 아래 그늘 속에서 울 밖을 기웃거리느냐

시어머니 삼년 구박에 귀머거리 되어 바람소리도 듣지 못하고
흘려보낸 말도 못 내던 벙어리 바보 각시더니

그늘에 숨어 제대로 숨이나 쉬고 사느냐
돌아서 흘리는 네 수줍은 미소에 나비는 날개를 벗어주고 떠
난다

너도 나비 등에 업혀 가고 싶은 곳으로 떠나렴
천년 후에도 내 각시로 남을 꽃아

개나리
— 소확행

만보기를 일찍 재우고 긴 나무 의자에 앉아 눈에 든 과녁을
본다
편하게 찾아온 그는 키가 작아도 웃음이 크다
그늘에는 노란색이 많다 봄을 기다리는 색이다

산수유, 민들레, 황매, 수선화, 유채, 제비꽃, 개나리 자스민…
노란 이름을 다 불러주기도 힘들다
자전거 뒤에 손녀를 태우고 노란색을 남기고 가는 우람한 뒷
모습

배고픈 겨울을 지나온 작은 미소들은 검게 그을린 대지에 어
릿광대다
가난한 주머니 채워 두라고 하늘에서 가져온 황금을 쏟아내
나 봐
노란 손수건에 매달린 봄에는 누구나 우람한 부자가 된다

개나리 자스민
— 쥴리엣을 위하여

높은 창을 향하여 벽을 탄다
가슴에 꽃을 안고 문이 열리기를 기다린다

노래는 속내에 간직한 두드림이거니
입술은 자주 목이 마르고 열리지 않는 창은 어둠이 덮고 있다

사랑을 위하여 뜨거운 가슴을 위하여

힘들면 쉴 때도 있지 뒤돌아보며 한숨 돌리는 얼굴이
계단 없는 오르막을 탓하지 않고 환한 향기로 웃고 있다

밝아지는 그늘도 거기 머문다
끝없는 추락 끝에서도 너는 오르기만 한다

개망초
— 늘 사랑

꽃을 보는 사람이 봄이다
봄을 들인 눈은 시들지 않는다

못생긴 꽃이라도 자주 흔들리며 피는 꽃이라면
꽃에는 색 고운 봄이 있어

뭉쳐진 그늘 앞에 숨통 트고 싶은 때
보고만 있어도 샘솟는 물방울이 등줄기 타고 흐른다

언덕 위에서나 아래서나 물 머금은 꽃이
자꾸만 윙크윙크한다

깨꽃
― 터뜨리는 웃음

볕살 좋은 상강 무렵 마당귀에 앉은 할머니가

깻단을 앞에 두고 냅다 내려치는 부지깽이

떨어져 나가는 모가지가 내지르는 외마디 소리 들리지 않아도

눈 뜨고 살아도 보이지 않는 내 마음속 풍경은 솜털에 감춰
둔 육성이다

모가지 떨어지지 않아도 속을 다 뒤집어 내보이고

시집살이 지친 몸을 털어내듯 참깨를 털어 기름을 짜낸 어머
니의 시어매

대낮에 등불을 걸고 나서는 파란 그대 나비는 어디 하늘을 날
고 있을까?

꽃잎에다 혀를 대 보면 굽은 허리로 나를 업어 키운

횟병이 고소한 당신 곁에서 촛점 잃은 보행이 흔들린다

과꽃
— 소박네

아들 못 낳아 친정에 쫓겨 와 사는 누이는 밤이면 별 보고 울
었다
낮에는 개구리 울음소리에도 따라 우는 눈물 많은 동기간 이다

별난 누이는 뒷모습 아픈 이름을 간직하고 어디까지 쫓겨갈
것인지
정지 간을 지나쳤다 다시 돌아가 불러본다

물 묻은 손을 훔치며 부엌문을 밀치고 나서는 누이가 얼굴에
피우는 미소
가득한 사랑이 그리운 것일까
어느결에 숨겨왔는지 궁금해도 더 물어볼 속내가 없어 땅만
보고 갔다

구절초
— 간절함이 닿은 섬

직녀에게 가는 길이 멀어 꺾어질 때마다 관절에 꽃이 핀다
하늘이 보낸 처방전인가보다

때로 그대는 24색 무지개로 된 향기로 온다
도피할 수 없는 거리로 내 안에 옮겨 심어 놓고
한 가닥씩 눈 한 번 맞출 때마다 관절에 꽃 한 송이씩 피운다면
그대와 나 거리가 아득하여 구천까지 멀다 해도
꿈꾸던 네 향기에 잠기고 말리

발바닥 물집이 터지도록 이승을 지나 걷고 걸어서
아득한 그대 섬에 닿고 말리

국화

― 향에 빠져

너도 간밤에 많이 아팠느냐 얼굴색이 좋지 않구나
샘물 한 바가지 퍼줄테니 마시고 기운 차리거라

어둠 속에서 하얗게 내린 서릿발을 이고 선 너는
가까이 두고 볼수록 깊은 눈빛이구나

바로 선 꽃대 위에 앉은 매무새도 곁에 머물게 한다
마주해 눈 맞추며 내 안에 든 향기가 종일 나를 삼킨다

꽃이 사는 집과 무선으로 연결되어 있어
향기가 수시로 내게 보내져 온다

몸을 적시는 눈빛에 일손을 놓고 보내준 맛도 달콤하다
어둠 속에서 네가 아프니 나도 아프다

극락조
─사의 찬미

'사의 찬미'로 천상에서 가져온 목소리를 남기고
검은 물결에 몸을 날려 사랑을 끝내버렸으니
윤심덕*을 만나는 일은 명치 끝부터 아리다

검은 파도여 울지마라 네 아픈 사랑은
이승에 없는 물든 구름으로 다가오지 않는다
마저 다하지 못한 그대 노래로 날아와 앉은 새가 다시 날아
갈 듯해도
부리로 쪼아대는 허공이 물빛처럼 아프다

다시는 이 땅에 새로 날아들지 마라
노래도 없이 찾아 든 새가 날개도 없이
혼자 멀리 날아갔으면 좋겠다

* 윤심덕 : 사랑이 슬픈 가수. 대표곡으로 〈사의 찬미〉가 있다

금낭화
― 이웃집 웃음보

스무 개도 더 되는 주머니를 차고 나선 사채업자
알 수 없는 미소로 등이 휘도록 누구에게 가고 있는지
무엇을 더 탐하고 싶은지 그게 아니라면
비밀한 편지를 누구에게 전하려고 멀고 어두운 흙길 걸어왔
는지
주머니마다 하늘에서 가져온 황금이 두둑하다면
아침 마당에 툭 터뜨려 쏟아 놓고 이웃집
웃음보 울 밖에 터져나오도록 나누는 일 좋지 않을까
이웃에게 다가가는 고개 숙인 네 속내를 들추어라
씨도 남김없이 빈손으로 내 가슴을 떠나라
주머니 터뜨려 향기 나눠주는 너는 허리 굽은 성자다

꽃무릇
― 엄마 불꽃

식솔들 아침밥을 위해 아궁이에 불을 지핀다 엄마는
젊은 시간을 끌어모아 잉걸불 새파란 불꽃을 만든다

꼬리를 물고 고래 속으로 드는 불꽃은 눈에 고인 눈물을 말
린다
젖은 손을 말리고 시려운 무릎 데워주던 아궁이는 불도 잘 먹
었다

가마솥에 밥이 타는지 눈물 내가 난다
소나무 갈비가 타서 불꽃을 내는 고래 속으로 빨려간 엄마

엄마가 하얀 쌀밥을 퍼서 밥상을 차린다
두레판에 모여앉은 식솔들이 고래처럼 엄마를 퍼먹는다

꽃양귀비
― 얄궂은 사이

쑥대밭머리 김을 매는데 흔들리는 양귀비가 볼에 와 닿는다
남몰래 얼른 입을 맞춘다

얄구져라 얄구져라

이름뿐이어도 젖어있는 입술이 간밤에 이슬을 흠씬 맞았나보다
내게 와서도 귀비가 되다니 텃밭이 온통 꽃양귀비다

몬 살끼다 몬 살끼다

살이 붉게 젖는다
나비 한 마리 내 입술에 취한다

나팔꽃
― 저 높은 곳을 향하여

그대 나팔을 불어라 입술 새파랗게 칠하고
나는 밤새 떠올렸던 낱말을 엮어 아침 햇살에다 집을 짓는다

발자국이 하늘 끝에 이른다면
문을 연 하늘이 노래를 듣고 무지개 하나 걸어줄 줄 터이니
다리를 건너오는 직녀가 있어 내게 아침은 더디 올 것이다

자진모리 행진곡으로 네가 나를 깨우기 전까지는
어둠이 다리를 삼킬 것이다
잠에 빠진 나를 위해 그대 나팔을 불어라

'누가 듣기나 하겠나 거참, 성가시게 되게 재촉하는군'

머뭇거리는 등 떠밀어 키를 높이는 햇살
바람이 흘려보내는 퇴박에 몸 뒤틀더니
탱자나무울에 빌붙어 없는 교태를 다 풀어낸다

냉이꽃
— 그늘에 남은 아이

유채꽃 아래 흔들리는 그늘 속 빈터에 조그만 눈이 별을 보낸다
그늘을 먹고도 너무 작아 첫눈에 꽃이 아닌 줄 알았다
낮은 키로 몸을 흔드는 목소리에 꽃술도 없는 줄 알았다
소리없이 이 땅을 스쳐 지나간 작은 눈들이여

그때는 맞출 입술도 없는 줄 알았다
그러나 슬프다고 내치지 않았다 너도 작다
찬찬히 들여다보았을 때 작은 빈터에 몰려 앉아
별빛을 모아 속내를 전하는 눈곱 같은 꽃

벌 나비 앉을 자리도 마련해 두지 못하고
진한 향기는 어디까지 갔는지 모른 척이다
낮은 네 말을 귀담아 들었다
작은 네 그늘을 위해 수척한 몸 시치미 떼고
흔들리는 빛은 등 뒤 저자거리에 서있다

너도바람꽃
— 낮은 흔들림 속으로

내 안 가장 낮은 바닥에 핀 꽃이다
추위가 무서워 바닥이 피워 올린 젖은 비명이다

동토에 얼음을 뽑아 먹고 큰 서리꽃은 뼈마디가 굳어질 때까지
말 전하지 못하고 바람을 기다리던 강물 곁에서 흔들리지 못
한 망부석이다

향기 내비쳐도 누구도 오지 않아 뿌리가 썩어 입술이 타들어
갔다
새벽에 나서서 빛으로 가고 있는 작고 낮은 흔들림을 보아라

몸을 빠져나온 어둠이 바람이 된다
꽃만 바라지 말고 흔들리는 바람도 보아라
바람은 몸 흔들어도 꽃이 되지 않는다

어둠 속에서 보이지 않는 몸짓 한 송이
너도 나처럼 바람이 되고 싶은 꽃이더냐

너도 바람꽃
나도 바람꽃

노란장미
— 춤추는 애인

내가 잘 아는 산골 소녀, 말을 숨기고 사는 그녀 춤이 알프스다
바람이 목마름을 채워주지 못할 때 눈에 담은 수채화 풍경을 버린다
유월 햇살을 희롱하는 노래가 담을 넘어 초원으로 간다
풀잎 건드는 바람이 손잡고 데려간 것이다
숲에 살고 싶다 말하지 않아도 살빛에 투명하게 스며든 연둣빛이
나비를 불러 춤추게 하는 눈이 큰 소녀 하이디
누구도 네 가시를 꺾어 이마에 장식하지 않는다
밝은 네 미소가 무수한 언덕을 넘어 그늘 깊은 마을에 몰려온다
치마폭에 담겨오는 눈망울에 녹색 정원을 밝히는 네 보행이 번져
언덕 아래 나비 떼도 참지 못하는 춤을 풀다
어둠 가운데 등뼈 하나 곧게 세워 두고 산빛에 물들어 꿈꾸는 소녀
나선 길 위에서 티 나지 않게 숨겨온 사랑을 제 꽃등으로 건다

능금꽃
— 파도를 타다

내게 가슴을 열어 보인다
봉긋한 눈물이 난다

꽃이 피운 향기가 체온을 높일 때 붉게 물든 하늘에도 수줍
은 밤이 온다
　살갗을 스칠수록 손바닥은 비단결이고 손가락은 마술사다
　놓치고 싶지 않은 촉감을 따라 무지개 솜사탕을 피운다

　푸른 과육을 한입 가득 베어 물면
　너는 무너지지 않고 내 살에 물소리로 흐른다
　속살 맛에 솟구친 구름이 꽃이 전한 신열에 꼬인다

　네게로 가는 깊은 밤이 은하를 건넌다
　산등성이 넘어 새로 눈물이 난다

능소화
― 가슴 뜨거워지거든

눌러앉은 돌담 안 어둠 속에서 수줍움으로 부황든 얼굴은
바람 따라가고 싶은 맘 주체 못하는 웃음으로 담을 넘보다
흔들리는 몸 가누지 못하고 피운 꽃술을 보낸다
한 발 올려 가슴을 풀어라 나는 이춘풍이다
별로 떠서 어둠을 지울 때까지 풀어 헤친 가슴에서 나비가 난다

그대가 나를 버리기 전에 두려운 내가 먼저 그대를 내친다
창밖을 걸어오는 침묵 속에서 목말라 기웃거리던 한 사람을
위해
꽃 피우던 가슴 쓰라렸던 날들을 파도 소리에 섞어 지운다
담장 밖으로 떨어뜨리는 노란 눈물이 짙어서
소금으로 남은 빈자리에 강물을 물들인 노을이 먼저 익사한다

달맞이꽃
— 짝사랑을 숨기다

대청마루 끝에서 누이가 꽈리를 분다

봄 오는 들녘에 짝을 구하는 억머구리 노래가 별똥별 지는 골
짜기 하늘을 채운다
화답해 줄 누가 있기나 한 듯 등에 업은 짝이 좋아서 꽈악꽈
악 소리가 높나보다

언덕 너머 말발굽 소리 세차게 들려온다
누이가 부는 꽈리소리가 봄밤 새로 핀 달맞이꽃을 흔든다

새벽에 수줍음 많은 눈썹달이 꼬리 끝을 남기고 헐레벌떡 서
산으로 기운다

더덕꽃
― 그대 사랑을 아는가

열여섯, 그대가 사랑을 아는가
나는 아직도 모른다
그 나이 누구든 사랑에 들고 싶지 않으랴

비우고 비워내도 채워지는 사랑 앞에 몸 낮추어 돌아서도 될까
발끝까지 흐르는 뜨거운 피여 네가 나를 지탱하는 기둥이다

눈멀어 벼랑 끝에 매달려도 목마른 가슴을 떼어내지 못한다
몸을 치장한 향수가 독해서 네가 사랑을 버린 줄 알았다

돌아앉은 십 리 밖에서도 띄워 보내는 고독한 네 편지를 눈감
고도 읽을 수 있겠다
오죽했으면 그랬을까 오죽했으면 춘향아

다시는 사랑이 가는 길 앞에 나서지 마라
네 간직한 향기가 독이 된다

돌단풍
— 친구 편지

잘 웃는 친구, 너는 웃음이 헤프다

나비 보고 웃고
바람 와도 웃고
바람 가도 웃는다

점심도 거르고 꽃밭에 쪼그려 앉아 웃는다
석류나무 아래 꽃모종을 심는 흙 묻은 손이
꽃들은 다 몰려다니는 습성이 있다며 웃는다

돌 틈바구니가 아니어서 한꺼번에 몰려온 숱한 별을 품어 안은
그대 자리를 비워 둔다

눈웃음 짓는 나비 한 마리 날아와 내 심장에 피를 다 가져갈
모양이다
슬플 일 하나 없는 오지랖 넓은 친구
함께 빈자리에 몰려와 나를 웃어 준다

둥글레꽃
— 우리가 뿌리로 만나

중무장한 코끼리 떼가 오월 광주로 달려 갔다
피는 꽃이 무거운 발바닥에 짓밟혔다

줄에 엮여 연행된 꽃떨기는 집으로 돌아오지 못했다
금남로에 핀 꽃들은 쓰러지고 다시 일어서 죽었다

봄꽃은 검은 살 속으로 발을 뻗어 꽃을 피우고 새끼를 친다
누구도 사랑을 나누는 길을 가로막지 못한다

우리가 뿌리로 만나 구천을 함께 흐르더라도
꽃 피우는 일로 어느 깊은 상처에 닿아 종을 울릴까

뚱딴지*
— 주목받지 못한 생

숲길을 가다 길을 잃었다
피가 도는 안개도 없는데 지워진 길이 나를 버린다
친하다고 믿었는데 길은 스스로 허물을 벗고 수풀 사이로 달
아난다
길은 언제까지나 곁에 있어 주지 않는다

늘 거기 있던 꽃 너는 어디서나 불쑥 얼굴을 내민다
길이 사라진 빈터에 돋아난 못난 꽃이 길을 잃고도 환할 수
있다니
주목받지 못하는 얼굴에도 반짝이는 빛이 있다

시침 뗀 얼굴은 사랑받는 해바라기
바람 타는 바람개비다
처음 보는 노란 미소가 환하다

들어보지 못한 그게 뭔 노래여!
대낮에 개소리들 말어
내가 한참이나 무너진다

* 돼지감자의 다른 이름

들국화
— 집을 나서다

인기척 떠난 길섶에서 바지가랭이 붙들고 용서를 빌고 섰다
남루한 옷 한 벌 걸치고 차가운 바람 앞에 기침을 한다

집에서 무슨 일로 쫓겨났을까
서방질하다 소박맞은 건 아니겠지

용서를 구해도 바람은 거침없이 뺨을 갈기며 불륜을 다그치고
너는 아니라고 아니라고 자꾸만 몸 흔들며 우긴다

우기다가 지상에 떨어져 돌아간다
집을 나선 꽃들은 다 어디로 돌아 갈까

제 **2** 부

만병초에서
산딸나무꽃까지

만병초
― 마주보기

넓은 잎에 기대어 아무리 맡아도 질리지 않는 향이다
붉은 입술에 젖어 아무리 맞춰도 자꾸만 맞추고 싶은 색이다
좁다란 베란다 눈 둘 데 없어 아무리 만나도 다함 없는 자태다
꽃에 너무 기대지 마시라 꽃도 아프다
전생에 한 번쯤 만난 적이 있는 그래서 눈에 든 너도 꽃이다
너를 품에 둔 나도 꽃이다

맨드라미

— 그대 남긴 흔적에

독재에 저항하며 목마른 때 청계천 목조 이층 봉제공장
작은 방에 마스크도 없이 밤낮 미싱 돌리며 얻어걸린 병
이길 수 없어 고향 집에 돌아와 마당 가에 토해놓은 각혈이다

날 선 면도칼로 손목을 그리고 떠난 무서운 그대 등 뒤에서
어둠을 밝혀 보겠다고 몸을 불살라 촛불이 된 태일이 오빠
철철 흐른 피가 뭉쳐 이룬 피딱지가 마저 비워내지 못한 하늘
이다

끝내 벗어던지지 못하고 입고 온 옷 붉은 앞섶을 찢어라
온몸에 뭉쳐진 네 어둠을 벗어라
그래야 마당에 반듯한 아침이 온다

명자나무꽃
― 방화범

심장 태우는 불씨는 어디에서 가져왔을까
내 몸 태워보려 불 질러 봐도 시무룩 쉽게 꺼져버려서
네 가진 뜨거움에는 닿지 못한다

한동안 뒤안길에 밀쳐 두었는데
눈밭에 서서 발목 적시던 냉기 참아내더니
산수유 저만 꽃피운다고 시샘하여
이른 봄 가시기도 전에 단 한 번 불을 질렀다
얼음에 갇혀 있는 그늘을 풀어내려고
몸이 가진 그늘에다 빛을 심어 봄맞이하려고
스스로 몸에 불을 붙여 들불에 던진다

들판 발가락까지 태워 어둠에다 너를 심어라
꺼줄 누구도 곁에 있지 않아
어두운 그늘에 뼈마디까지 바치는 불온한 천방지축이다

모란
— 사랑이 필 때

검은 흙에도 빛이 고이는 오월
잎과 잎 사이 그늘 속에서 붉은 속살이 눈을 뜬다
이슬을 감추고 젖은 입술을 반쯤 열어 명치끝을 아리게 한다

꽃은 늘 벼랑 끝이다
무너지기 전에 더 가까이 내 품으로 오라
그대 손가락이 내 입술을 훔친다

깊은 색 큰 눈에 들어 눈이 젖는다
구름 속으로 떠내려가는 발가락이 젖는다
하늘 아래에 나는 없고 너만 있다

숨도 못 쉬고 회오리쳐가는 꽃잎 속 눈먼 초경은
눈물 아래 그늘을 몰래 삼킨다
풍선으로 뜨는 가슴아 내 봄을 네 가져라

무스카리
― 반갑다 동무야

부르지도 않았는데 한 자리 차지해 눈 맞추자 한다
너는 어디서 왔느냐

부부카를 걸치고 중앙아시아에서 왔니
그늘에서도 수줍어하는 동남아에서 왔니

내 뜰에다 파란 등불 하나를 건다
네가 들어설 자리를 넓게 펼친다

제주 수선화, 박태기, 불두화, 각시붓꽃, 민들레 숱한
이름들이 네 이웃이다
어디 애인 한번 해 볼까

나는 바람이다 네 이름을 묻는다
네가 먼저와 품에 안기는구나

물망초
— 잊을 수 없는 사랑

꽃을 꺾어 그대에게 바치지는 못해도
꽃을 꺾으려다 벼랑에 떨어져 죽지는 못해도
그대가 잡은 손끝에서 마구 뛰던 가슴이다
불면 깊이에서 그대 위해 피운 꽃이다
돌아선 그림자에 지워져 길에 버려진
시든 꽃잎이 내뱉은 남은 한 마디

'나를 잊어 주세요'

물봉선

― 구절초 화원

미타암 가는 길 물가에 핀 물봉선 주머니에는 구절초가 핀다

누가 데려갈까 봐 조바심 내는 가슴을 다독이고
감나무골에서 손끝에 피워낸 구절초는 바람 앞에서 흔들리지
않는다

자줏빛 저고리 섶을 꼭 여민 가슴으로 그려낸 물소릴까
주머니에 가득 담아 밀쳐 둔 천만 송이 구절초가 화원을 짓는다

물봉선 가슴에는 사철 꺼낼 수 있는 그리움이 핀다

박꽃
— 지붕 위에 달빛

가슴에 돌덩이 하나씩 품고 사는 여인이 지붕 위에 오른다

아이 못 낳아 소박맞은 여인이 지붕 위에 모여 산다
흐르지 못해 터뜨릴 수 없는 달빛 울음을 대신한다
가난이 싫어 지붕 위로 도망친 어멈이 서늘한 달빛 아래 용서
를 빈다

박 타기 전 흥부 아내가 치성드리던 정화수에 뜬 꽃이다
여인들이 물을 자주 퍼내어 우물은 마르지 않는다
씻어내도 돌덩이는 떠나지 않고 무거운 달로 뜬다

지붕 무너진 땅에 달이 달아나다 빠진 눈물 속 달빛이 솟아나
는 우물이다

박태기꽃
― 외가 가는 길

배고파 외가 가는 길 보릿고개 넘다가 쓰러져
하늘 우러르며 시냇물로 배 채우고 흔들리며 가던 굽은 길
밥풀떼기 매달려 가지마다 수북한 허기를 부른다

그때는 왜 먼 외가에 가야 했는지 알지 못했지만
외할머니 누런 보리 밥상이 눈 뜨게 했다

가도 가도 먼 외가길 해질녘 마당 가에서 어느새
허기 가득한 웃음이 피고 있다
쌀자루 메고 집에 가는 길 꽃도 따라와 주었다

밤꽃
—가시난향

집에 혼자 남겨진 옥이가 또래 동무와 밤꽃 핀 밤밭에 놀러
갔다
가시가 숨겨 가진 향이 독이긴 하다
어디에서 무얼 가져왔는지

나무 아래 함께 든 숙이가 향을 품고 젖지 않는 하늘을 바라
고 누웠다
청상에 흘린 피눈물이 밤하늘을 떠간다
아랫도리 흐르는 강물에 꽃잎이 흐른다

가시는 목젖에 부풀어 올라 오랜 신열로 몸을 삼키리라
흠뻑 젖은 뿌리가 향기에 젖어 물든 자야가 걸어 온 가시밭길
부끄러운 길은 어디로 끌고 갈지 안개가 산 그늘을 숨긴다

백도라지

― 수양딸

보릿고개에 입 하나 덜려고 수양딸로 보내진 둘째 고모가 왔다

안방 막걸리는 익어 깊은 맛이 들고
더위 먹은 직박구리도 목이 잠겨 노래 부르지 못하고 주춤거
릴 때
쌀 한 섬에 밤골로 더부살이 간 나어린 고모가 왔다

말복과 처서 사이 볕살에 살이 하얗게 탄 고모는
입술 파랗게 칠한 숨소리로 땀에 젖은 뿌리를 보듬었다

갈증으로 쏟아져 내릴 소낙비 기다리고 선 목마른 꽃이다
어쩌다 텃밭을 떠나 키를 높인 혈육은 아픈가
훌쩍이지 마라, 그대가 눈물이다

열리지 않는 하늘 문밖에서 어릴 적 나비가 단발머리 폴랑대
는 춤을 푼다

백모란
― 누군가를 위해 울고 싶다

수선화 진 뒤 부활절 지나면 나뭇잎에 연두가 더 깊어진다
창백한 모란도 하늘 우러러 나비를 불러 몸을 섞는다

이때쯤 갖는 나비들 불륜은 용서가 된다
뛰는 피를 다독일 수 없어 스치고 지나는 바람으로 벌판을
간다

짝을 찾는 울음이 들판에 가득한 봄밤 오지 않는 잠에 뜰에
나서면
온몸으로 달빛을 보듬은 나비가 춤을 춘다

하얗게 타는 모란이 지기까지는
나도 누군가를 위해 울고 싶다

백일홍
— 짧은 사랑

바다 건너 빛이 타는 송도 해변에 섰다
모래알 태우는 햇살 아래 꽃이 지면 어찌할까
오래 간직해 온 마른 눈물 나면 또 어찌할까
밖이 밝은 한낮에 눈을 감고 꽃잎을 딴다

눈 붉히지 않아도 지는 꽃이 술래다
파도는 그때 왜 발자국소리를 죽였을까
모래알이 소리를 숨겨 주는 밤에
가슴은 왜 출렁이는 파도를 불렀을까

구름 솟는 수평선에 들어서도 꽃을 피울 수가 없다니
잊혀진다는 생각으로 피었다 진 꽃이 다시 핀다
너를 지우고 난 뒤 떨어지는 꽃만 보이고
바람 노는 빈 가지를 얻어 피 토하는 백일해를 앓는다

백화등
— 파랑새를 기다리다

파랑새 오는 길을 밝히려고 문밖에 걸어 두었나
아침까지 끄지 않은 등불이 눈을 시리게 한다

내 건 불빛을 밟고 파랑새가 왔으면 해
내 식탁에도 아침이 온다

눈물 닦아줄 노래를 품고 어둠이 가시지 않은 내 창가에 왔
으면 해
간절하면 하늘에 닿을 수 있을까

그대가 수천 등을 밝혀도 눈에는 아직 그늘이다
어두운 골짜기를 건너가는 우리에게는 파랑새가 필요하다

사과나무 푸른 잎을 물고 창가에 돌아와 줄 가슴에 품은 한
마리
날려 보내고 돌아오기만을 기다리는 검은 벼랑은 무너지지
않는다

다 퍼주고 남아있는 눈빛을 빼내 간 새는 깊고 푸른 강 물고기를 깨운다
물고기가 와서 지친 파랑새를 위해 하늘에다 줄을 내린다

백합
— 고독으로 가는 별

언덕 위에서 굽어보는 그대는 승자가 된 별이다
거만하지 않게 내려다보는 고독
향기만 남기고 꽃이 떠난 뒤 마을이 어두워졌다

침묵하는 그대 등 뒤에서 별을 보고 발돋움하던 꽃대궁이
잘려진 채 꽂혀있는 밥그릇에서 환한 눈물로 방을 밝힌다
별에서 왔는가 그대는 지금 어둠으로 가고 있는가

그대 향기는 지금도 입술을 마비시키지만
창가에 앉아 마주 보던 눈에 겨울바람이 나뭇잎을 쓸어간다
빈방에 숨겨놓은 고독에게 종이별을 보낸다

병아리꽃
— 그대 눈에 살고 싶은

내쳐야 할 묵은 사랑이 있어 단풍색으로 다 태워 비워내고
떠난 나비를 추억하지 않는 꽃이 더 짙은 향기로 무장한다

안에 눈빛을 깊게 하여 나비가 봄꽃을 찾아 떠나듯 길 없는
발자국을 찾아간다
쉽게 떠나는 사랑이 없듯 사랑은 쉽게 오지 않는다
그대 앉아 있는 길 끝으로 더 짙은 투명한 색이 혼자 간다

새로 올 사랑이 있다면 망설이지 말고 봄꽃을 들여라
봄이 오면 누구나 꽃이다

복사꽃
— 바람이 날 때는

꽃잎 떨어지는 바람 앞에 속눈썹이 펄럭인다
너는 혼자서도 바람을 탈 줄 아는구나

지는 네 손을 잡고 신방에 들고 싶다
등촉을 끄고 나란히 누워 걸어온 뒤안길을 엿보고 싶다
꽃잎이 떨어져 바람 타고 떠날 때까지

눈에 고인 젖은 노을을 빼내 강물에 띄워 보내고
밤새워 써낸 편지에 꽃을 피울 때도
저물녘 어스름에 꽃을 이울 때도 함께 하고 싶다

바람이 바람을 피우며 지나간다
비 젖은 내 둥지를 밟고 봄이 지나간다

봉숭아
— 첫눈 내리는 날까지

수줍음 많이 타는 누이는 장독간이 제 방이다

장독에 몸 가린 채 내다보며 미소 흘리던 누이는

바삐 움직이는 매파 입술만 쳐다보다 바람보다 빨리 몸을 숨기더니

혼자 남은 장독간에 늦도록 볼 붉히며 서있다

시집갈 일만 남은 누이가 뜨개질하는 손톱 끝에 살고 싶은 꽃

털실오라기로 엉켜 한겨울 포옹을 따스하게 덮어 주고

장독 위에 첫눈 내리는 날 눈부시게 외출하는 발걸음 따라

같이 오래 살고 싶은 눈에서 별로 뜬다

분꽃
— 서녘 하늘

꽃을 따 꼭지를 빨면 꿀맛이다
벌이 오기 전에 한 꽃잎씩 몰래 꽃을 따먹고
꽃에 숨은 그늘 속에 몰입하던 철없는 소녀가
시집가고 싶은 씨앗을 터뜨려 볼에 바른다

나비보다 먼저 꽃 위에 앉은 어린 소녀는
하얗게 치장한 채 사립문 밖 어디로 가고 싶은 것이다

색 짙어 가슴 설레던 꽃이 눈물로 지고 나면
갈증 나 등 뒤에 서 있는 붉은 하늘은
길 떠나지 못하고 못 박혀 서 있는 시집살이에
부르지 않아도 볼에 스며 혀를 빼문다

불두화
― 수행의 상처

절간에 보내져 머리 갓 깎은 동자승이 노스님 따라 탁발을 배
우러 나섰는데
또래 아이들이 따라다니며 해작질이다

숨는다는 것이 하필 새각씨 치마 밑이었을까
벌써부터 밝힌다고 노스님이 꿀밤을 먹였다

그때는 몰랐다 귀한 꽃인지
자고 나니 까까머리에 혹투성이 상처다

배곯던 동자승이 끊어진 번뇌를 삼키고
텅빈 고요에 앉은 얼굴에 미소 반 허공 반

한 참 뒤 키가 큰 동자승은 그림자도 없이 꽃을 매달더니
흔들어도 흔들리고 꺾어도 꺾이었다

붉은 동백
— 그늘에 들었네

자갈치 신동아빌딩 뒤편 그늘에 붉게 떨고 있는 한 떨기
수줍은 떨기가 등불을 켠다
오래 사랑한 눈이 멀었을까
가슴을 열어 보인 일이 어둠이 되었을까
벼랑 끝에 선 여인이 바다로 떠난 이를 기다린다

서 있는 빛은 눈앞에서 떠나고 빛이 작을수록 그늘이 크다
서늘한 눈빛이 칼금을 긋고 간다
파도는 몰래 등 뒤에 와 꽃을 숨긴다
소금에 젖은 사람들이 오가는 길목 서늘한 몸으로 지켜 온
자리
숱한 물굽이가 검은 파도를 넘어 당도한다

기다리는 이 오지 않아도 그대 피운 꽃이 어둠을 먹고 산다
뼛속 내밀한 불꽃이 터져 하늘 향해 부끄럽지 않다
손잡아 주는 이 없이 그대 입술이 가슴에 피운 꽃은 나비가
그립다
오래전에 떠난 뱃고동 소리 돌아오지 않아도
그늘에 걸린 등불은 떨어지지 않는다

붉은찔레꽃
— 가야에서 온 소녀

열일곱 살 송현이*는 누가 데려갔느냐

시집갈 날을 받아 놓았을지도 모르는 성장판도 닫히지 않은
어린 것을
　죽어서도 가까이 두고 싶은 누가 검은 뼈로 남을 때까지 놔주
지 않고 곁에 두었을까

　무덤 속에서 셀 수 없는 바람이 검은 뼈를 지나갔다
　하늘 향한 네 가시로 밤을 찔러라

　어둠은 피를 쏟아내고 벼랑 끝에다 붉은 꽃을 피울 것이다
　숱한 등불이 켜지면 그때 참을 수 없는 노래를 터뜨려 먹구름
은 우레를 쏟아 내리라
　검은 뼈로 누운 네게도 아침이 올 것이다

* 송현이 : 창녕 송현리 가야 고분에 순장된 열일곱 살 소녀

붉은카네이션
— 작은 동화

어버이 살아 계셨을 때는 손안에 꽃이 없었다

꽃이 손안에 있을 때는 두 분 의자가 비어져 있었다

해마다 돌아오는 오월 앞에서 떨구는 눈물은 꽃이 아니다

끝내 가슴에 달아드리지 못한 붉은 미소 한 송이

쉴 틈 모르게 발등 때리는 눈물이다

붓꽃

― 운명이다 사랑하라

상처 없는 꿈을 사서 벌판에 세우고 걸어가서 집을 짓는다
서라벌에 뜬 초승 달빛에 새파랗게 떨려 말을 감추던 문희*
오줌 줄기에 떠내려간 안압지에 놓인 별자리를 떠날 수 없다

네 길을 사랑하라 운명이다

가슴 바닥에 떨어뜨린 눈물을 지우고
날려 보낸 향기를 거두어 젖은 그림자를 닦아 낸다
벼랑 끝에 세운 네 눈빛에 반월성 천 개 달이 기울지도 못하
는구나

네 꿈은 사랑이다 독하게 숨겨라

* 문희 : 신라 김유신의 딸로 아우의 꿈을 사서 태종 무열왕의 부인이 된 여인

산괴불꽃

― 입맞춤 한 번에

꽃이라 불러주지 않아도 너는 꽃이었어
이전부터 내게는 꽃이었어

꽃아 입술 열어 봐 입 한번 맞춰 보자
네 심장에서 내 침샘으로 꿀이 흐르나 보자

우리 사이 전류가 흐르는지
나를 벌이라 부르지 말고 여보라고 부르면 어떨까?

당돌하게 내민 네 입술이 뜨겁구나
누구도 꺼줄 수 없는 서리를 물리친 힘이 터뜨리는 입술

가슴 속 겨울을 다 빼내 가서
넓은 하늘을 품고 그대 지른 불이 나를 태운다

내게 오지 않아도 너는 꽃이었어
누구도 아니라고 말 못 할 애초부터 꽃이었어

산다화
— 처녀 공출

왜정 때 엄마는 열일곱에 시집을 왔다

처녀 공출에 끌려가기 싫어서 어린 나이에 혼인을 했다

그러나 눈썹 끝에 핀 꽃은 아니다

연분홍 입술을 살짝 연 산다화 꽃잎 깨물던 춤사위를 제 그림
자 속에다 묻어 둔 꽃은

위안소에서 발가벗겨 매를 맞는 소녀 김학순*이었다

일본군 성노예가 되어 겪었을 눈보라, 겨울 몹쓸 바람은 휘익
잠간에 지나가고

눈밭에 숨은 길을 간다 홀로 삼키며 견뎌 온 눈물이다

남녘에 봄빛이 와도 떨고 있는 입술은 무슨 말을 하려다 그
만두었는지

뿌리에 남은 바람이 창밖 흘러가는 샛강에 돌아간 어머니 안
부를 묻는다

* 정신대 문제를 최초에 제기한 분

산딸나무꽃
― 위험한 놀이

하지에 눈이 내렸나보다 땡볕 덕유산 자락에 미끄럼타는 눈
사태
애장터 가슴을 덮은 돌무더기 젖히고 나와
아빠 등을 밟고 눈썰매 타는 아이인 줄 알았다

한 번쯤 누워있던 그늘을 벗고 썰매를 타고 내려가 보는 거다
천 번쯤 모진 눈싸움에도 녹지 않는 웃음소리, 때 묻지 않는
눈썰이다

낮은 곳에 남아서도 빛나는 물이 있으니 골짜기에 깔깔 숨소
리 들린다
골짜기에 집에 못 가는 아이들 젖 넘기는 소리가 흐른다

누구도 말려주지 않는 눈싸움은
아파트 옥상과 옥상 사이를 동아줄도 없이 건너뛰는 위험한
놀이*
함께 놀아줄 동무가 없는 아이들 비명이다

엄마 없이 가파른 산기슭에 하얗게 질려 우는 울음소리

울지마라 돌무더기 안에 다시 누우면 그만 아니더냐

* 위험한 놀이 : 화가 안창홍의 그림

제 **3** 부

산목련에서
자목련까지

산목련

— 황진이

그대는 높다 크고 자태도 향기도
너를 높인 건 바람이 아니다
스스로가 높다
그대 가진 힘으로 키 큰 높이에 이르렀다

거문고 뜯는 손가락에 달이 기울고 품에 든 달이 구름 속을 간다

그대 가진 깊이보다 더 높이 날고 싶다
딛고 선 등짝보다 더 환한 바닥을 갖고 싶다

그대가 박수 소리로 문을 열고 나설 때
구름은 머리 위에 뒤늦은 비를 쏟아 폭포를 깨운다

옷자락 날리며 추는 춤사위에 장구가락이 뒤를 따른다

노을 거두어간 어둠 끝에 그대 와서 노래 불러준다면
가락 마디마다 한 꽃잎씩 여는 당돌함에 깊이 스며 잠든 나는
별이 빛나는 근원을 물으며 그대 눈에 들고 싶다

산수유
— 산동애가

노란 휘파람에 빠져보면 길이 보인다
길을 연 등불이 산동마을에 걸린다
어두운 겨울이 끝나고 촛불을 켠 가슴에 이정표가 당도한다

삼대독자 오빠를 대신해 징용 나간 백순례
끝내 마을에 돌아오지 못한다

깨어있는 눈빛을 쏟아내는 황금가지에서 누이 대신 돌아온
꽃들이 깨어난다
눈물이 비춰 준 노란 길이 열린다
누이가 오는 밝은 휘파람 길이다

* 산동애가 : 구례 산수유 마을인 산동에서 징용 떠나며 백순례가 불렀다는 노래

상사화
— 우리가 만나는 날은

내가 산으로 높아질 때 너는 강물로 깊어졌다
밝은 하늘 아래 만날 수 없어도 네 시작은 내 골짜기였다
같은 뿌리 우리 쉬운 만남을 누가 가로막는가

꽃은 밤을 걸어서 빛으로 간다
잎은 낮을 걸어서 어둠으로 간다

둘 사이 경계는 백지 한 장
그곳에는 그릴 수 있는 아침이 오고 창을 열면 노을이 떠난다
아침과 저녁 사이에 출구가 있어 나는 불이고 너는 물이다

　장막에 끊어진 시선이 돌덩이가 되어 그대 발등에 눌러앉는다
　그림자 하나로 강물 가슴에 숨어들면 흘러가지 못한 산이 홀
로 깊어진다
　우리 사이에는 걷히지 못한 안개가 견고하다

생강나무꽃
─ 차고 넘치는 사랑

산을 오르다 만났네 꽃을 지고 선 아픈 등뼈
말 듣지 않아도 어둠에 새긴 빛이다
골짜기 물을 거슬러 등불 켜 들고 선 그대가
뼈에 심었을 목마른 얼음을 마주한다

눈먼 아비 손을 어디에다 놓아버리고
얼음 떠나지 않은 골짜기에서 두리번거리고 있느냐
종로 3가 아니면 대청봉 가는 산길 초입이다
청아, 어두운 길은 미끄럽고 차다
손잡아 줄 누구도 곁에 없다

혼자 걸어야 할 길이 찬 바람 속이다 봄은 멀다
따뜻해지기까지는 더한 꽃샘 눈을 몇 번 더 맞아야 한다
바람 불지 않아도 풀려 날까
지나간 걸음들을 돌아서게 할까

빛에 눈먼 어둠을 위해 던져넣을 네 살빛을 마주하면
미끄러져 다리 아래 굴러떨어졌을 아비를 찾아가는

그대 차고 넘치는 사랑이 내게 온다
눈먼 내가 네 어둠을 찾아간다

샐비어
— 깃발을 삼키다

네 홀로 돌아선 땅을 온통 물들이고 죽으리라
쉽사리 타오른 불꽃은 쉬이 꺼질 것이므로
시오리 눈길에 붉다고 다 핏빛은 아니다

사월로 내리는 눈바람이 서늘한 가슴으로 달려온다
끝없이 혁명을 부추기는 꽃이 주체못하는 뜨거움에 돌아누워
작은 바람에도 모가지 떨어뜨리며 안으로 울음 삼키느니

얼마나 많은 모가지가 떨어져야 혁명은 끝이 날까
삐뚤어진 한 마당에 붉은 꽃을 둘러다오
벌떼 소리로 다가서는 함성에 네가 피는구나

설구화
— 첫사랑

마을에 눈 많이 내리던 날 편을 갈라 눈싸움할 때
시려운 손 호오 불며 눈을 뭉쳐 쉽게 던질 수 있게 가지런히
쌓아 올려준 소꿉동무, 그때 우린 한 편이었다

동무가 뭉쳐 쌓아둔 눈뭉치를 맨가슴에 받아 놨더니
불꽃 멍자국으로 오래 남아 따스한 네 눈동자는 녹지 않고
심장 깊은 피에 불이 되어 갈아 앉았다

눈 뭉치가 하르르 녹아내린 뒤에도 가슴에 남은 불티는 날아
가지 않아
숨 쉴 때마다 가끔 재채기가 터진다
내게도 남몰래 꿈꾸던 봄이 있었나보다

수국
— 작은 물결 속으로

혹시 수양딸*로 보내진다는 풍문을 들었느냐
두 눈에 눈물 그렁그렁 슬픔을 동이째 퍼내는구나
어디서 가져왔는지
몇 동이를 퍼내도 마르지 않고 뜨겁기만 한 눈빛이 봄을 재촉
한다

잎 다 진 겨울을 지나 새 움트는 사월에도 보이지 않아
뻐꾸기 울음에 시집간 누이인 줄 알았다
뒤돌아서 잎 언저리에 숨어 밝은 손으로
숱한 편지를 띄우고 선 외톨이가 된 누이 앞에 몸서리치다

돌아오지 못할 울타리를 넘어 온 오랜 숨바꼭질은
잃어버린 미소를 찾았을 때 비로소 강마을에 당도한 편지
한 통
어두운 하늘에 터뜨리는 불꽃놀이가 숨이 차다
개봉하지 못한 울음을 강물에 떠내려 보낸다

* 수양딸 : 가난한 집에서 입 하나를 덜기 위하여 친척 집이나 가까운 지인 집으로 허드렛일하도록
보내진 어린 소녀를 듣기 좋은 말로 수양딸이라고 불렀다

수련
―물 위에 집

그리움으로 피지 않는 꽃이 어디 있으랴
물 끝에 이르도록 햇살이 그리운 꽃아
뼈에 들어 구멍이 되는 바람이 그립다
뿌리에 와 닿는 이슬이 그립다
배추흰나비 떠돌이 촉수가 그립다
속살 깊이 찔러 오는 날갯짓도 그립다

바람에 출렁이지 않는 물결이 어디 있으랴
숱한 그리움에 깊은 눈 담기 위해 물에 띄운 집이 흔들린다
간직해 온 손을 펼치고 목마른 하늘을 향해 노래한다
지상에 그리운 것이 많은 흔들림은 늘 젖어있는 집을 향해
세상 모든 그리움을 한데 모아
물 위에다 밝은 꽃 한 송이 띄운다

수선화
― 온기 도는 눈물

춤으로 노래하는 그대 노란색에 침몰하고 싶다
숨 막혀 목을 감고 쓰러뜨린 강바닥에서 물에 젖은 별이 뜨고
피는 소용돌이치는 몸을 빠져나간다

어지러운 창밖 가로등 불빛에 서늘하게 칼날 돋은 잎이 베이고
숨죽여 다가서는 작은 온기에도 눈물이 도는 춤사위다
별을 담아 온 그대 눈에 들어 헤어나지 못할 춤에 가닿느니
나비가 된 노래가 창공을 날아간다

그대 쏟아 넣은 사랑이 타서 남은 재가 함께 추락해 젖을지라도
눈빛은 그대 순순한 노래에 빠진다
망설이지 말라 깊은 강물에도 사랑은 흐른다

수수꽃다리
— 낯선 이름으로

이름 없이 피었다 진 꽃이 어디 있으랴

동두천 줄리, 마리아, 케이티, 안젤리나… 누가 불러준 이름인
지 낯설기만하다

옥아, 순아, 남아, 자야 낯익은 이름 가슴에 묻어 두고

귀가 아프도록 듣고 싶은 이름은 어깨에 밤이슬 적시며 붉은
거리에 세워

이국의 꽃을 바라고 흔들린다

비가 와도 젖지 않는 꽃잎은 차갑게 냇가에서 얼음 깨고 빨래
하던 숙이었을까

치마저고리 입은 제 이름을 불리지 못한 숱한 수수꽃다리*

마른 입술로 바람을 깨물고 홀로 가는 언덕에 슬픈 꽃 미스
김 라일락

그대 아픈 이름으로 다시 이 땅에 돌아와 색 짙은 입술을 날
리는구나

* 수수꽃다리는 1950년대 미국으로 건너가 미스김 라일락으로 불리다가 다시 한국으로 돌아와서도
미스김 라일락으로 불려 정원수로 애용되기도 한다.

싸리꽃
― 슬픈 미소

가여운 네 울음을 만날 수 있다니
오솔길에 선 키 작은 소녀가
위로 대신 달빛을 마주하던 헐벗은 몸이다

굳은 표정으로 창가에 섰던 내 얼굴이 부끄럽다
스쳐 지나가다 언듯 만난 네 손짓에 안에 든 그늘을 모두 빼
앗기고
울음으로 밤새 네 슬픔을 닦아낸다

어둠에 쫓겨 벼랑 끝으로 내몰려 옥녀봉*에서 떨어진 꽃이더
냐 너는
아버지가 된 개를 용서하라
전생에 너는 개를 물어 죽인 늑대이거니
백팔 염주를 다 넘길 때까지 네 작은 미소에 귀 기울여 본다

맨발을 핏빛으로 물들이며 쫓겨 산을 오르던 슬픔으로
떠나온 집을 내려다보며 흘렸을 눈물이 미소가 되기까지
벼랑 끝에서 울분을 타고 날아가라

얼마나 많은 바람 속을 지나야 꽃이 될까
날개를 달고 허공을 빛내는 햇살과 손잡고
고여있는 눈물을 모두 퍼내어 나비가 되라

* 옥녀봉 : 전설 속 돌벼랑으로 된 산봉우리

쑥부쟁이
— 담장을 허물고

만경봉호* 난간을 잠간 스쳐 지나간 북녘 응원단
설핏 본 미녀 웃음이 환하다
바람이 불러 냈을까 왜, 내게는 잊히지 않는 걸까

다대포항 돌담 너머 키 큰 장미는 항구 가는 길 위로 그냥 쏟
아질까
출렁거리는 색 가누지 못한 제 몸을 이끌고 고개 숙인 맑은
한 송이
그리운 얼굴은 언제 만날 수 있을까

깊은 그늘 속으로 가시를 내려놓고 한 걸음 다가서 본다
빛이 되기에는 아직 이르다 그대 다시 오라
그대가 불러주지 않는다면 어둠이 되고 말 것이다

얼굴을 들고 바람에 출렁이는 꽃이 되기까지는
9월 바람을 타고 숱한 발돋움으로 일어서야 한다
그대와 사이 돌담을 허물고 수월하게 만나고 싶다

* 2002년 부산 아시안 게임 때 북한 미녀 응원단을 태운 만경봉호가 부산 다대포항에 정박해 있었다

아카시아꽃
― 꽃을 따먹고

성미 급한 언덕을 오르지 않아도
풍만한 빛살 흐르는 젖가슴에서 꽃 하나 따 먹었다
촉촉하게 매달린 꽃잎에 발끝까지 꿀물로 일어서는 봄
별 흐르는 눈이 입술에 든 꽃잎을 따 먹었다

어지러운 팽이, 바닥이 돈다, 꽃이 어지러워 돈다

꽃이 문을 연다 내 상처를 건드리지 말라
문 열린 오월에 하나 된 구름이 언덕 아래 굴러 파도에 엮인다
구름이 파도를 삼키고 어지러이 파도친다
어지러운 꽃이 둥근 가슴을 낳는다

안개꽃
― 보이지 않는 차원

알 수 없는 표정으로 그대가 왔다
비밀이 많은 아침 강에 피어오르는 다발로
보이지 않는 나루를 지난 마당에 만발하여 섰다
누구도 데려갈 수 없는 숨은 말이 옷을 벗는다
귓불에 와닿는 숨소리에 볼이 더 짙어지는 꽃은
문 열어 놓은 속살에도 앞이 보이지 않는다
멀미를 안고 도는 그대에 들어 강물 소리 듣는다
허물을 벗고 자맥질해 들면 꼬리치는 물고기
벌거벗은 몸 숨기는 안개가 강물을 토한다
짙은 장막이 들키고 싶지 않은 깊이를 감춘다
새벽 강에 감추고 싶은 연서가 있나보다
입을 꼭 다문 안개가 바닥에 엎드린다
오래된 비밀은 새 나가지 않는다

양파꽃

— 변신

한 꺼풀 벗기면 뽀얀 속살,
속내는 알 수 없는 깊이로 도주한다

다가갈수록 멀리 도피해가는 눈빛, 두려운 것이냐
벗겨낼수록 입맛을 더한 눈시울이 갈증을 부른다

뽑아 올린 눈물이 흔들려도 네 뿌리는 가슴이다
가슴에서 퍼내는 눈빛이 숨막히게 깊구나

싫어하는 내색도 없이 눈앞에서 옷을 벗어버린 그대는
껍질로 된 신기루인가 아니라면 알몸이 전부인가

손에 넣을수록 다른 얼굴로 너는
만나는 순간 떠날 알리바이를 준비한다

앵초꽃
― 말없음표 사랑

마을 밖을 나서는 길에 늙은 한 여인이 교차해 간다
굽은 허리를 끌고 가는 그녀가 온 길을 돌아보며 잠시 허리를
세운다

언덕을 넘어 온 그녀에게도 푸른 등줄기가 있었구나
붉은 꽃잎을 단 검은 머리카락이 흩날린다

그녀는 무엇을 찾으러 굽은 들길을 앞서가고 있을까
지팡이 끝에 채이는 돌부리가 신발을 벗는다

얼레지
— 비밀한 사랑

무덤까지 가져갈 비밀 하나 가슴에 묻어 두고

창가에 비 듣는 날이나 낯선 곳 홀로 앉은 바닷가 카페에서

끄집어내 읽고 또 닳도록 보고 혼자 다독여 보는 노을빛

누구도 몰래 입가에 슬그머니 띄워보는 웃음기

내 사랑은 들키기 쉬운 몸짓이어서

무덤 안에 봉인해두듯 멀리 날려보낸다

낙엽 밟는 소리를 피해 숨겼더니

저 먼저 한길 가에 나서 보랏빛 치마 휘딱 뒤집어쓰고 고개

숙일 때

알아보았다는 후투티 한 마리가 깃을 세우고

알 수 없는 웃음으로 서쪽 숲으로 날아갔다 오지 않는다

엉겅퀴
— 가시 젖

볕살 속을 비지땀 흘리며 걸어와 머리에 인 보퉁이 묵정밭 머리에 내려놓고 아가에게 젖을 물리고 앉은 젊은 어머니
아가에게만 내민 향기 하나로 기총소사에 갈갈 찢기는 마을을 뒤로하고 먼 남녘 낯선 들머리에 앉았다

식솔들은 흩어져 닿을 길 없고 피난길에서 놓쳐버린 첫째를 부르다가 목이 쉰 몸에 가시가 돋았다
가시 젖을 문 아가 손이 아프다

나눠 가질 수 없는 아픔을 어린 입술에 물리고 젖을 흘려보내며 떨군 눈물이 일 년 뒤 어머니 앉은 밭두덩에 핀 보라꽃이다

아가가 커서 엄마 목쉰 가시를 땅에 심어 꽃이 된 엄마를 보았다
가시는 언제 가슴에서 떨어져 나가 엄마를 달래 줄 건지 누구도 알지 못한다

여뀌풀꽃

— 등에 업은 식솔

　군입 많은 등에 연분홍 입술을 업고 꽃밭이고 텃밭이고 길섶
이고
　가리지 않고 퍼질러 앉아 건들먹 손짓해 바람을 부른다
　바람 탄 요분질에 빠지기도 하는 어느 집에서도 잘 어울리는
입술색을 칠하고
　지나는 길손을 손짓해 부른다 엉큼하기는

　어느 저자거리에도 잘 어울리는 네게도 아침이 올까
　밥그릇 비워 놓고 기다려도 이슬 한 방울 차지 않는다
　거느린 식솔이 많아 최부자집 재취로 들어 온 꽃이 여저기 웃
음을 흘리고 다닌다

　아직도 많이 배가 고픈가보다

연달래
— 유혹하는 눈빛

그녀 부드러운 눈짓을 보았다

주왕을 찾아 나선 능선길에서 여인의 향기가 땀방울을 씻어 간다

그녀의 유혹은 물소리에도 지워진다

함께 가자, 유혹하는 손짓을 보내도 아직은 이르다며

숲 그늘 속으로 숨어 가서 돌아서 살짝 흘리는 미소가

집에 온 가슴에서 천년은 살 것 같다

영산홍
— 어머니 미소

비가 와도 젖지 않는 꽃잎
열일곱에 시집와서 냇가에서 얼음 깨고 빨래하던 또딸이다

곁에 선 먹감나무 둥치가 이슬에 젖어 지붕이 되어주던 때
혼자 춤추는 꽃이 문을 열고 닭 모이 줄 때 미영밭은 온통 솜
털에 감긴다

풀 먹인 모시 적삼 날이 서지 않았다고 거머다 물항아리에 몰
아넣은 시할매
가파른 시집살이에 품을 파고들던 나비 한 마리 눈먼 나래짓
이 불빛을 찾아 떠난다

마른 입술로 바람을 깨물고 지새운 정지간 삼 년 그을음에
손발 묶어놓은 채 입술 꼭 다문 꽃잎이 타던 속
금 간 질항아리에 심어 놓고 혼자 보고 웃던 꽃

옥매

— 월식 지나고

월식이 지나가는 마을 먼 데 개 짖는 소리 들린다
큰 그림자 하나가 소리 없이 지나간다

달 그늘 잠간 지나간 뒤 뜰에는 소복 입은 여인이 서있다
감추었던 달빛이 데려다준 미소가 그득하다

달빛에도 자주 흔들리는 그녀를 나는 기다리지 않았다
밥도 굶고 어둠에 빠져 하늘만 바라보는 날이 자주였다

그녀가 바람이 들었는지 휘딱 치마 뒤집어쓰고 속치마 바람
으로 빼꼼
눈 감고 내뺀 도둑놈 얼굴 아래 달빛 붉힌 그녀 혼자다

유채꽃
— 출렁이는 침실

허리가 만든 봄 물결이 샛강을 건너온다
하늘이 항칠해 놓은 노랑이다
섬약한 몸으로 견뎌온 깊고 먼 서릿발을 간직한 채
출렁이는 강물을 마시러 온다

너는 오래된 애인, 입술을 열어라
눈에 들어 하늘로 흩뿌리는 거친 숨소리는
귀를 간지럼 먹이는 봄바람이더냐
가슴 풀어 헤치는 볕살이냐

4월 유채꽃밭은 짝짓기하는 침실이거니
출렁이는 네가 살아 있는 것이다 내게
몸에 맞는 짝 하나 일러다오 내 노랑이도
나비 떼에 몸 섞는 몸살을 잉태하고 싶다

으아리

— 사위질빵

몸을 감고 올라야만 꽃을 피운다니
얼마나 가까워져야 그리할 수 있느냐
눈먼 나는 가슴을 다 내주어도 마주할 수가 없다

내 손이 닿아야 꽃을 피우는 사랑을 위해 가진 교태로 비명을
뿌린다
으아, 으아, 으아리가 목을 감는다
비명은 홀로 바닥으로 떨어지고 감고 타오르는 여린 팔뚝에
핀 멍자국

도무지 오지 않는 발자국소리를 내내 기다리다
한 송이씩 떨어뜨리는 눈물에 돌이 된 바닥이 문을 연다
너와 사랑은 보이지 않는 천년 불랙홀이다

인동초

— 결기 세우고

손잡아 이끌어주던 아치가 바람에 기울었다
그대 등 기대고 서 있던 기둥이다
기둥이 사라져도 그대 뼈는 남아있다

목울대 곧게 세우고 손 뻗어 닿을 하늘은 멀리 있어도 서리
속에서 멈춰 서지 않는다
줄기 끝에 꽃을 매다는 일에도 곧은 행군은 포기하지 않는다
계생, 그대 넘치는 사랑도 그랬지
정인 멀리 보낸 밤에 홀로 치솟는 말들을 씻어 곱게 앉히고
기우는 달을 배웅했지

동쪽 창에 달빛 밝게 들어도 높이 켜둔 등촉을 끄지 못한다
붓을 타고 가는 속내를 제 자리에 가두어둘 수가 없구나
꽃을 피워야 하는 그대 사랑은 아직 문을 닫지 않았다

* 계생 : 조선 선조 때 부안 기녀. 매창의 또 다른 이름

자란
— 강에서 온 편지

그대 보내준 편지가 꽃을 피웠다
내 뜰에 온 지 이 년 만에 묵은둥이 피봉을 뜯었다

불두화 그늘 밑에 웅크리고 앉아 잊혀져 지내 온 봄날 온기 그리고
바람 속에다 흔들던 작은 미소들이 가까워진다

네 어디에 뜨거움을 간직해 왔을까
찾아온 오랜 친구인 양 반갑고 고맙다

강을 향한 탁자 위에 커피를 앉혀 두고 눈만 서로 바라기하던
네 말없음표가 쓴 노을이다

돌아서 볼 붉히는 영락없는 그대
강물은 푸른 눈 깊이로 흐른다

자목련

— 낯선 사랑은 없다

너도 누구처럼 등 돌리고 딴 데 살러 간 줄 알았다
사랑하는 일이 두려워서 되겠느냐
네 꽃잎이 흙에 닿을 때까지는 사랑하라

버리고 떠나는 일이 네 일이 아닌 것 같아서
네 얼굴 앞에 눈시울 붉어진다
밝혀주는 등불에 밀려난 그늘을 꺼낸다

진하게 볼 단장하고 나를 맞는 네가
내 마음 밭에 심은 지 삼년 만에 처음이라니
반가움에 앞서 눈물겹구나

나도 자랑할 일이 생겨 환해진다
사랑하는 일에 볼 붉히지 말라
부끄러운 일이 아니다 사랑은 두려운 미래다

제 **4** 부

자운영에서
흑장미까지

자운영
― 친정 나들이

쌀 한 말 먹지 못하고 시집간 누이가 한 섬 쌀을 이고 빈 들
에 섰다

그땐 다 그랬지 이 땅 누이들은 자꾸만 뒤로 밀려났지

아직도 봄 들녘 무논에 삭정이 꺾어 들고 서 있는 허수아비
발목을 놓지 못한다

헐벗은 벌떼를 불러와 줄 세워 놓고 굶주렸던 한때

보릿고개 다 지나도록 들녘을 끌어안고 참새 떼를 쫓아 손짓
하고 섰다

밥상에 숟가락 올리지 못하고 돌아서서 눈물 훔치던 누이

작은 바람에도 울먹울먹 낭창거리는 슬픔을 퍼내고

지는 꽃에도 눈물 많은 네 가슴이 깊다

작약
— 붉은 외출

어둠이 발목 잡는 동토에 뿌리내리고
지하에 몰린 그늘을 모아 가슴에 피를 올린다
사임당 신씨* 우물 속에서 퍼 올린 색으로 그린 날아가고 싶
은 병풍 속에는
새가 없는 대신 작약 한 송이 붉은 입술을 열어 혀를 대신한다
어디 화조도에 담고 싶은 꽃이 너뿐이었을까

침묵하는 꽃잎은 듣고 싶은 말을 오래 기다리느니
뿌리에 간직한 말을 모두 풀어내지만 지나가는 나비 한 마리
찾아오지 않는다
시리도록 깊은 그대 입술이여 별은 아득한 눈곱이다
안으로 홀로 다져 넣은 밀어는 숨겨지지 않는 외출에
눈뜬 그림 속에서 볼이 늘 붉기만 하다

* 사임당 신씨 : 오만 원권 지폐의 모델이 된 사임당 신씨는 율곡 이이의 어머니

접시꽃
— 살 떨리는 눈

골목길 돌아 나서면 보이겠지
늦도록 담장 너머에 서서 더디오는 발자국소리를 향해 뒤꿈
치를 높인다

층계를 오르면서 하나씩 띄우는 미소가 꺾이지 않는 바람을
부른다
그동안 식탁에서 비워낸 그릇들을 매단 황금가지가 무거워도
허리 굽히거나 머리 숙여 그리움에 굴복하지 않는다
야밤 내내 바람이 타고 싶은 것이다
끝내 하늘에 이르지 못해 흔들리면서도 돌아서지 못한 눈망
울이 깊다

깊은 눈으로 내다보는 손가락 마디에 와닿는 굽은 골목으로
살 떨리게 하는 그대 눈매에 깊고 깊은 내색을 보낸다

제비꽃
— 그대 돌아가지 못하리

먼 오랜 할머니 어릴 적 병자년에 멀리 와 낯선 땅에 흙을 품고
집에 돌아가지 못해 꽃이 된 오랑캐
동토에 떨군 눈물이 말라 제 이름을 피운 꽃

흔들리는 바람 끝에 헐벗은 몸이 수줍은 미소로 서 있는 저
물방울 속
그림자도 없이 산 가슴에 들어 넌 왜 집으로 돌아가지 못하니

들판에 게르 한 채 세우지 못하고 어쩌면 민들레 홀씨로 떠도
는 휘파람소리 아닌가
붉고 푸른 네 입술에 젖어 벙어리가 된 나는 여태 지상에서
그늘을 파먹고 산다

빌어먹을 봄뜰 꼬락서니 같으니라고
어서 키 큰 나비를 돌려줘, 돌려줘

떠도는 네 목소리가 눈에 뜨거운 내 어둠을 데리고 봄뜰을 밝
힌다

제주수선화
— 파도를 넘다

우리 동네 키 작은 제주댁은 엄마가 잠녀이고 언니 동생도 비
바리 잠녀다

한 꽃대에 세 자매 물질하며 숨비소리로 조금씩 깊어갈 때
둘째가 돌하르방 같은 남자를 구해 바당을 떨치고 뭍에 시집
을 갔다

검은 흙 속 몰아치는 눈발을 이겨내고 물질 가까운 터에 옥돔
물회 집을 차려서
밀려오는 거센 파도를 타는 법을 요리한다
닥쳐오는 태풍을 견뎌내는 법을 주무른다

한 번씩 검고 푸른 언덕을 넘을 때마다 가늘은 햇살에도 쉽게
흔들리는 웃음꽃
아침이면 그대 맑은 하늘에 빠진다 그때마다

그녀는 파도 소리로 말한다
그녀는 바람 소리로 말한다

종이꽃
— 어머니 꽃

네 앞에서는
모든 살아 있는 꽃이 고개 숙인다
오월이면 어머니 가슴에 피어나는 꽃
멀리 있어 못 오는 것도 아닌데
찾아오지 못하는 자식이 있어
실직한 아들이 욕먹을까 봐
당신은 종이꽃을 가슴에 단다
붉은 오월이 지나면 어깨 펴질까
함께 외출하는 종이에 피가 돈다

진달래꽃
— 피멍 든 눈물

뜻 맞지 않으면 함께 못사는 거지
성미 급한 불 끄지 못해
어렵사리 만났어도 이별은 수월타
내 그럴 줄 알았지

기댈 언덕이 없어서 한 달 핏덩이 떼놓고 산 너머로 달아나다
발모가지 분질러 이슬에 입술 적시는 두견새
날아오르려다 추락하고만 피 멍든 눈물이다
홧김에 불 질러 하루 밤새 산을 다 태워 먹은 불장난이다

애초 쉬운 사랑은 만나지나 말지
거두지 못할 거면 낳지나 말지
쉬운 별리에는 기억할 눈물이 없다

돌아서는 모진 마음이 홀로 깊은 강을 건넌다
재 안에서 건져낸 날개를 추스르고
눈물 속으로 걸어가는 못난 어미는
눈먼 발목을 껴안고 비빌 언덕을 찾는다

찔레꽃
— 푸른 물 붉은 꽃

일천 개 눈을 뜨고

남강 벼랑 끝에 눈물 떨구고 앉은 소복한 여인

푸른 강에 붉은 눈물이 흐른다

수줍게 유혹하는 일천 개 눈

유혹은 벌, 나비에게만 가닿는 향기로 날까

개비리길* 벼랑 끝에 선 동공은 왜 두리번거렸을까?

흔들리는 내 눈을 사로잡고도 무엇이 모자라서

네 가슴은 강바람을 퍼마시고 있느냐

따로 기다리는 누가 있는 것이냐

품에 든 나비에게 흔들리는 몸 허락해 주고

열 손가락 가락지로 적장을 껴안고 푸른 강에 떨어져

붉은빛 강물로 흘렀다

* 논개는 진주 촉석루에서 임진왜란 때 풀어지지 않도록 열손가락에 가락지를 끼고 적장을 껴안고
강물에 떨어져 의사하였다.
* 개비리길 : 창녕 남지 낙동강에 남강이 합류되는 강변을 따리 만들어진 벼랑 끝 길

참나리
― 밝은 풍문

　우리 마을 점순이가 시집갈 때가 되었는지 환하게 핀 얼굴에 미소가 핀다
　누가 데려갈 것인지 궁금한 할멈들이 문간을 기웃거리며 소문을 퍼뜨린다

　'엉덩이가 커서 애는 잘 낳을 거야'
　'손이 커서 살림 하나는 잘 살 거여'

　지나가다 눈 맞추지 못한 바람이 허리를 감고 놓아주질 않는다
　수줍음 많던 점순이 바람을 낳고 싶어 바람 따라 떠났다

채송화
— 눈물이 피운

숨 쉬지 않는 아기를 포대기에 싸서 들쳐업고
갈 데라고는 까마귀 우는 국골*, 애장터 밖에 없다

배 속에서 열 달 키워 낸 아기가 나와 울지 않아
쏟아져 내리는 눈물은 길섶에 다 뿌리고
하늘 우러러 몇 번이나 긴 숨 내질렀던가

하늘 무너지는 일을 가슴에 담아 애장터 빈 바닥을 고른 뒤
울지 않는 아기를 눕혔다
아기 가슴에 첩첩 돌을 쌓았다
얼마나 무거웠을까 돌은 얼만큼 시렸을까

돌아오는 길 발자국마다 떨군 눈물을 따라온 아기가
손가락 펼쳐 보이며 엄마 가슴에 피눈물로 피운 꽃

아직 가슴에 담은 '엄마'도 불러보지 못한다
한 발자국 걸음마도 떼지 못한다

* 국골 : 지리산 칠선 계곡 가는 길 초입 추성동 왼쪽으로 난 작은 골짜기, 애장터가 숱하게 널려 있다

114

초롱꽃
— 조선의 달빛

하늘 내린 물을 받아먹지 못해 고개 숙인 갈증을 내내 숨겨온
색이 홀로 짙다
　바위 틈서리에 내린 뿌리에 발가락 티눈이 저려 와도 돌아본
옆얼굴 눈이 깊다

　조공으로 바쳐진 아흔의 궁녀들 적국에 뜬 달에 빠지지 않고
　한양 궁궐 영마루에 걸리던 달빛에 눈을 씻어 그리던 노래를
버리지 않더니
　끌려간 조선의 아낙네들 환향녀가 되지 못하고 혀 깨물고 죽
었다

　그대는 황제 후궁이 되어 갔어도
　옷깃 건드리는 실바람에도 가는 귀를 세우는 눈물은 권현비*
　그대 가슴에 모아 둔 조선의 달빛 아닌가?

* 권현비 : 청나라에 조공으로 바쳐진 90명의 궁녀 중에서 강희제의 후궁으로 발탁된 여인

춘란
— 등 뒤에 향기

여기저기서 보내온 춘란 분을 키워낼 자신이 없어
마당가 화단 귀에 툭 꽂아 두고 등만 보여 주었는데
잡풀 속에 몸 숨기고 있다가 서리 내릴 즈음 얼굴 내밀고

'나 여기 있소'

진한 향기로 눈을 끌어간다
외면당해보면 안다 티 내지 않는 속내가 얼마나 깊은지
비 자주 내린 겨울 지나 속내 비추는 얼굴이 밝은 걸 본다

다가서도 느끼지 못했던 꽃대를 지나쳤다가 섭섭해 내미는 향
기에
내 안에 스스로 큰 사랑을 네가 들추어내었구나
외면해도 만날 인연은 만나고야 마는구나

코스모스
— 우토로* 벼랑 끝에

눈 아픈 시월 햇살 속을 엄마도 없이 여린 꽃이 간다
가느다란 팔목 움켜쥔 조막손에서 하늘 자락이 새 나가고
머리에 인 바람이 단발머리로 나종거린다

"나는 조선 사람입니다"

할머니 가던 길을 따라가다가 온몸 가누지 못한 채 그만 한길
가에 주저앉고 말았다
힘에 부쳐 하얀 얼굴로 땡볕 아래 내내 취한 더위를 머금는다
조선인 마을 우토로 철거를 강요하는 키 작은 사람 앞에서
붉은 얼굴로 벼랑 끝에 선 누이이거니
이슬 토하는 길 끝 뒤안길에서 손 흔드는 너는 누구를 불러
껴안고 싶은 것이냐?
모국어로 외쳐도 들어줄 귀는 파도 넘어 아득한 멀리다
손짓으로 일으켜 세워줄 할머니가 밤 언덕에 아미달로 뜬다

"너는 조선 사람이다"

* 우토로 : 일본국에 강제징용으로 끌려간 한국인들이 집성촌을 이루고 사는 마을. 개발에 밀려 강제
철거당할 압박을 받고 있다.

태산목꽃
— 꽃이 오는 날에

햇살 출렁이는 잎에 소쩍새 노래가 쉬었다 간다
바람결에 이마를 두고 아랫도리에 물을 실어 가슴께 더듬어
오른 꽃
속살이 퍼 올리는 넉넉한 온기에 반짝이는 잎
살을 파고드는 향기에 하얀 꽃잎에 잠들고 싶다

그러다 흔들리지 않는 뿌리에 기대어 본다
가지 끝에 머리를 두고 벌판까지 가는 눈을 뜬다
그늘이 가려주는 목마름이 하얀 살빛에 젖고 싶은 밤
아침까지 네 노예가 된다

말하지 않는 몸짓에 스며든 향기여
슬픈 발가락이여 서툰 내 춤이여
만개한 입술 속으로 흐르는 거대한 빛이 강물이다
잠꼬대로 흔들리지 않는 달밤에 긴 동행이다

토끼풀꽃
— 길을 묻다

그대는 여린 손목을 붙들고 꿈을 빛나게 했지
발자국소리에 잔디 속으로 숨어드는 부끄러움도 있었지
뿌리까지 들어내야만 끊을 수 있는 네 사랑은
사막을 건너는 전갈을 품고 몰래 끼던 손이다
떼놓을 수 없는 독한 사랑을 네가 가졌다

멈춰 선 시계를 잊고 싶어 너를 사막에 펼쳤다
너는 자빠지는 낙타에게 길을 묻고 시계 속으로 숨어 갔다
모래시계를 돌려놓지 않아도 마른 식탁에 네가 보인다
네 깊은 속 어디에 간직해 온 별을 불쑥 내미느냐
덜 익은 사랑을 쓰지 못하고 슬픈 가슴만 내보이느냐

네 사랑이 천 년 지워지지 않을 아픔이라면
혼자 간직하지 말고 별이 진 언덕에 쏟아내라
깊을수록 건너기 힘든 이승에 남긴 네 사랑이다
그리고 차갑게 식은 눈동자로 돌아보지 마라
네 사랑은 끝내 말없음표다

팬지꽃
— 날지 못하는 나비

도시 그늘이 중앙동에 모인다
꽃잎은 날개를 펴고 환하게 날아오른다
저물녘에 바삐 어디로들 갈까
별 내리는 네거리 포장마차 노란 불빛에 빠져
햇살에 춤추던 가슴을 떠내려 보내고
마로니에 잎, 잎 회오리에 가는 길이 묻힌다

꽃잎 떠나는 소리들이 눕는다 뒤따라
몸 가벼이 나비로 날아갈 수 있을지
중앙동에 이는 작은 햇살에도 쉽게 날개를 맡길 수 있을지
그늘 깊은 중앙동에서 재봉틀 돌리던 메마른 꽃은
너도 목마른 땅에서 숙이었구나

그대 오지 않아 몸 무거워진 불꽃 터진 가슴이 떠난 빈 거리에
지친 그늘이 몸을 일으킨다
몸 가벼이 한 순이처럼 날아갈 수 있을까
스스로 날개를 흔들지만 시린 꽃잎 끝에 피멍을 새긴다
그늘 깊은 중앙동에 나래 치는 소리가 산다

풍란
― 이승 끝에 선 꽃

돌개바람과 맞서는 뿌리가 노을 진 빈 하늘에 걸려
움켜쥐고 선 낙화암이 흔들린다
꽃잎 되어 날리는 삼천궁녀라고 하자

그대들은 이승 끝에 서있다
기다려도 오지 않는 하늘 물에 뿌리는 언제나 항해 중
백마강에 홀씨를 묻는다

떠나지 못하는 그대들 집은 물끝 포말
벼랑에 언제 다시 올까?
눈에 담은 향에 꽃대에 앉은 나비가 길을 잃는다

하얀철쭉
— 어둠으로 꽃을 그리다

너도 별이 되고 싶은 꽃이었구나
햇살 대신 구름을 껴안은 나혜석*이 핏기 가신 별로 떠온다
쓰던 붓끝에 남은 미소가 젖은 잎 사이 창백하다

소녀들이여 깨어나 뒤를 따라오라
끝내는 이름을 잃어버리고
처음 가는 길은 언제나 두렵구나

가난한 옷자락을 두르고 별을 꿈꾸던 밤
젊은 피톨 속에 심은 떨어내지 못한 꿈이 눈물 속 배고픈 흰
색이다
깨지지 않는 유리벽에 홀로 뜨건 가슴 부딪히기 힘겨웠지?

밥은 언제 먹었나? 먼 길 걸어온 빈속이어서 붓 잡은 손이 떨
리는구나
침묵하는 하늘은 떠가는 구름 사이로 아프고
아직도 빛에 목마른 그대가 낮에 나온 별로 떠돈다

바닥에 고여있는 어두운 색을 끄집어내 자기 꽃을 그렸다

그림은 꽃이 되지 못하고 그늘로 날아갔다

그대에게는 어둠이 자유다

* 나혜석 : 우리나라 여성 최초 서양화가

하얀민들레
— 짚시 애인

네 몸에는 흙내음이 맞춤 옷이다
품도 너르지 않고 기장도 길지 않아 네게 맞는 맞춤이다
허공을 마시고 사는 나의 짚시여
너는 내 흙내가 몹시 그리운 입술이다

곁에 오래 두어도 돌아앉지 않는 흙에 깊이 내린 뿌리로 웃는다
언덕을 넘을 때도 그랬고 강을 건널 때도 그랬으니까
네 앞에 강물 아무리 깊어져도 너는 날개 없이도 건널 수 있으
리니
떠도는 바람이 네가 걸친 옷이다

우리는 떠돌이, 누구나 집이 없는 민들레에게 돌아가자
바람 부는 대로 걷다 보면 닿는 곳이 네 집이다
지친 몸이 가벼운 나는 어느 들판에 뿌리 내릴까
흙내음 깊이 숨긴 뿌리로 다시는 돌아보지 말 일이다

할미꽃

― 꽃이고 싶은 꽃

하내동 은행나무 아래 정자에는 할머니들이 모여 선풍기 바람을 쐰다

환한 웃음으로 피어난 꽃
염색해 파마한 머리카락이 흩날린다

뉘 집 아들은 어제 다녀갔고 뉘 집 손녀는 무슨 대학에 들어갔다는
마을 풍문들이 주름살도 없이 무릎 맞대고 산다

하얗게 핀 꽃들이 가슴에 쌓인 지나온 길을 입가에 웃음으로 푼다

해당화
— 숨비소리로 키운 꽃

파도가 피운 꽃이다
물고기가 온몸으로 소리쳐 해벽을 무너뜨린다

출렁거리는 지느러미를 파도에 풀어 넣고 바람을 안고 꽃을
피운다
물에 빠져 죽은 잠녀 어린 잠이 어디선가
뱉어내지 못한 숨비소리를 깨우고 뭍에 올라
바람 앞에서 숨지도 못한 꽃이 소금을 먹고 얼굴이 붉다

밤낮으로 몸 부딪혀 만든 길로 물고기가 물고 온
뭍에 오르고 싶은 바다 밑 숨은 눈빛이다

호박꽃
— 할머니 방

구렛나루 시커먼 호박벌 한 마리가 문을 열고 들어 섰다
성큼 오금 저리는 꽃잎을 닫은 방에 불이 꺼졌다
움츠리며 입을 다물고 꽃술에다 무엇을 숨겨 가졌는지
두드려도 열리지 않는 입술이다

이슬 맺힌 문고리에 코를 묻던 벌이 쫓겨났다
살찐 유혹에 빠져 꽃가루투성이로 무슨 범벅을 저질렀는지?
꽃가루 털며 구렛나루가 밖으로 떠났다
맑고 향기로운 하늘은 어디쯤 있을까

투전판 돌던 영감 내치고 베틀에 앉은 할머니
처음 문을 열던 기억으로 꽃잎을 연다
그늘진 텃밭이 환해진다
부풀어 오른 달덩이 손이 크고 따뜻하다

홍련
─붉은 가슴으로

가둬 둔 못물 위로 치켜든 꽃 한 송이
눈 끝 안 보이는 미소를 머금는다

누구에게 보내는 붉은 가슴이더냐
몇 겁 생을 건너온 내가 알 수 없다니
몇 겹 산을 넘고 강을 건너온 것이더냐
우리 만남은 알 수 없는 물결 속이다

고여있는 어둠 속에서 숨길을 트기까지
건너야 할 강은 빠른 물살과 넘어야 할 산은 거친 가시덤불
다시 또 몇 겁을 흔들리며 가야 할 길을
눈에서 꺼내 일으켜 세워야 할까

들여다볼 수 없는 그대 문 앞에서
두드리지 못하고 서성거릴 뿐이다

황매화
—황금 물결

죽도록 타고 싶은 물결이 있다
주머니 털어 햇살에 널어놓고 가난을 짊어진 가장을 위하여
사지가 끊어지도록 금괴를 매달아 주고 싶다

한 가지씩 끊어가 밥상에 꽂아 두고 밥숟가락 위에 얹어 주
고 싶다
젊은 가장을 위하는 일에 향기가 난다

궁핍한 그늘을 밝히는 얼굴이 비록 눈요기에 그칠지라도
봄날 여인 옷섶에 매달아 준 뒤 가난하지 말라며
황금을 퍼 나르는 출렁임을 멈추지 못하는 가까운 이웃

흑장미
— 읽히지 않는 춘화

너는 한 송이 수줍은 갈보다
네 손짓하는 목소리는 어둠 속에 감춰진다
그곳에 닿기 위해 얼마나 먼 길 돌아왔던가

딴에는 색을 감추어도 지운 눈썹에 검은색이 비친다
어둠을 뚫고 굽은 말 껍질을 벗겨낸다
속살에 속살을 섞기 위해 꽃은 핀다

오래 고였던 눈물을 환한 수식어로 퍼내고
눈썹에 모양을 내고 입술에 색을 피우고 귓불에 향기를 매단다
젖은 손바닥이 입술을 부른다

꽃잎에 맺힌 이슬을 먹으려 밤이면 몰래 찾아드는 나비를 위해
성근 가시를 감추고 살 다 비치는 잠옷 바람으로 달빛 길에
나섰으니
그대는 누구나 읽을 수 있는 춘화다

내 거울 속의 꽃

강 영 환

내 거울 속의 꽃

강 영 환

사계절이 뚜렷한 우리나라에는 많은 꽃들이 산다. 시인 묵객들이 꽃을 그려내기에 앞장서 왔다. 꽃은 늘 가까이 살며 인간에게 위안을 주었다. 꽃들에겐 눈물이 많다. 이 땅에 살아오면서 여인들이 지니고 왔던 한을 고스란히 떠안고 있는 듯하다. 꽃이 지닌 의미들을 찾아내 사연을 붙여보는 일이 의미가 있다는 생각을 가져보았다.

내게 있어 꽃은 사랑과 이별을 품은 여인의 생이다. 여기에 그린 꽃들은 살아 있는 꽃들이 아니라 내게 오랫동안 저장되어 이미 나의 의미를 담고 죽어 있는 꽃들이다. 꽃이 주는 위안에 빠지고 싶은 일상이다.

일상이 바쁜 내게 꽃은 무심하게 잊혀졌고 4월 따뜻한 봄날 남지 낙동강변 유채꽃밭에 가서 화사한 유채꽃들 사이 그늘에서 발견한 작은 눈들, 작고 여린 눈들이 나를 쳐다보고 있었다. 비로소 꽃이 눈에 띄었다. 뽑아버려도 어느 틈에 다시 찾아와 뿌리 내리는 잡풀도 꽃을 매단다. 지나가다 꽃을 만나는 행운은 거대한 운행 속이다. 숱한 꽃 중에서 내가 만난 꽃은 소수라는 걸 알았다. 만나지 못한 꽃들에게 미안하다. 내게 몰래 왔다 간 꽃들에게 미안하다. 꽃이 사랑과 이별만을 이야기하지는 않는다.

꽃을 보는 사람이 봄이다
봄을 들인 눈은 시들지 않는다

못생긴 꽃이라도 자주 흔들리며 피는 꽃이라면
꽃에는 색 고운 봄이 있어

뭉쳐진 그늘 앞에 숨통 트고 싶은 때
보고만 있어도 샘솟는 물방울이 등줄기 타고 흐른다

언덕 위에서나 아래서나 물 머금은 꽃이

자꾸만 윙크윙크한다

— 「개망초 −늘 사랑」 전문

꽃은 일상이다. 어디 먼 곳에 있는 것이 아니라 언제나 가까이에 있다. 꽃과 더불어 살아온 것은 아니지만 꽃이 곁에 있어 주어 용케 살아온 것 같다. 좌절로 곤혹스러워할 때 꽃에게 가서 위로를 받고 꽃이 주는 향기로 정신을 되찾았다. 삶이 벼랑 끝에 섰을 때 꽃이 힘이 되어 주었다.

그럴 때 꽃은 약한 존재가 아니라 강한 존재였다. 꽃은 언제나 그 자리에 서서 나를 기다려 주었고 내가 필요로 할 때 꽃은 내게 달려와 주었다. 꽃들은 다양한 모습으로 내게 왔다. 어머니의 모습으로 아니면 옥이, 남이, 심청이, 춘향이, 황진이, 허난설헌, 논개, 나혜석, 윤심덕, 일본군 성노예, 매창, 낙화암에서 꽃이 된 궁녀들. 권현비(명나라에 바쳐진 90명의 조선의 궁녀 중 강희제의 후궁이 된 공녀)들이 꽃이었다. 꽃은 아내만 같고 애인만 같고 누이만 같다. 김막례 여사였고 옆집에 사는 순이였다. 그들은 예쁘다는 말로 그칠 수 없는 사랑스런 존재이다. 말을 나눌 수 있고 눈빛을 교환할 수 있고 속내를 털어놓을 수 있는 거울이다. 슬픈 눈으로 바라보면 슬픔을 말해 주고 환희로 바라보았을 때는 환희로 대답해 준다. 그들이 간직한 언어는 한이다. 조선의 여인들이 표출하지 못하고 가슴에 꼭꼭 품고 살았던 속내이다.

꽃과 나누고 싶은 언어가 있어 꽃이 사는 동네에 찾아갔다. 그들은 모여 살지 않고 떨어져 산다. 서로의 향기가 겹치는 걸 피하기 위해서인지 서로 등을 돌리고 앉아 있다. 가장 강한 개성으로 돌아본다. 환하게 웃기도 하고 성난 얼굴을 들어 보이기도 하고 슬픈 눈으로 내 눈에 들어와 안기기도 한다. 꽃을 안고 뒹굴고 싶고 긴 밤을 지새우며 이야기를 듣고 싶다. 꽃은 내게 할 말이 많은 듯 입술을 옴짤거린다. 다가서면 수줍어 한마디도 내놓지 못하고 이내 돌아서서 홀짝거린다. 애간장을 태우는 것은 나다. 꽃은 늘 그 자리에 서 있다.

쑥대밭머리 김을 매는데 흔들리는 양귀비가 볼에 와 닿는다
남몰래 얼른 입을 맞춘다

얄구져라 얄구져라

이름뿐이어도 젖어있는 입술 간밤에 이슬을 흠씬 맞았나보다
내게 와서도 귀비가 되다니 텃밭이 온통 꽃양귀비다

몬 살끼다 몬 살끼다

살이 붉게 젖는다

나비 한 마리 입술에 취한다

      — 「꽃양귀비 -얄궂은 사이」 전문

    은퇴 후 촌집을 구해 텃밭을 가꾸며 들락거렸는데 지인이 꽃
양귀비 씨앗을 주길래 텃밭 주위에 뿌렸더니 싹을 틔우고 꽃
대를 솟구쳐 꽃을 피웠다. 경이로웠다. 내가 뿌린 씨앗에서 꽃
이 피다니. 그리고 그 꽃이 흔들리며 나를 유혹하기 시작하는
것이었다. 가느다란 몸매와 훅 불면 날아 가버릴 것 같은 하늘
하늘한 꽃잎. 그리고 색 짙은 입술, 요염한 자태 그대로 천상의
여인인 양귀비다.

    고개 숙이고 입 다물고 있다가 활짝 봉오리를 열고 나타나
는 요염하기 짝이 없는 꽃. 어찌 홀리지 않을 수 있겠는가. 그
때부터 꽃들이 눈에 들기 시작했다. 서천 구재기 시인의 산애재
에서 분양받아 심은 제주수선화도 여린 꽃이 설화 한 토막쯤
달고 사는 듯이 보였다. 대동의 들꽃 연구가 김경숙 시인이 분
양해준 병꽃도 가지가 찢어져도 상관없다는 듯한 정열로 나를
유혹하였고, 선홍빛 얼굴로 눈 뜬 작약은 김연우 시인이 시집
보내준, 작아도 뜨락을 밝힌 등불이 되어주었고 이동순 시인이
하룻밤 묵어간 기념으로 심은 수양 동백도 붉은 꽃을 피우면

서 시인의 열정을 내비쳐 보인다. 잔디밭을 흠집 내며 차고앉은
보랏빛 제비꽃도 사랑스럽기는 마찬가지여서 잡초라고 뽑아내
지 못하고 잔디와 동거시킨다. 전원에서 그렇게 숱한 꽃들이 내
안에 들어 왔다.

상처 없이 꿈을 사서 세우고 걸어가서 집을 짓는다
서라벌에 뜬 초승 달빛에 새파랗게 질려 말을 감추던 문희*
오줌 줄기에 떠내려간 안압지에 놓인 별자리를 떠날 수가 없다

운명이다 사랑하라

떨어뜨린 눈물을 지우고
날려 보낸 향기를 거두어 젖은 그림자를 닦아 낸다
벼랑 끝에 세운 네 눈빛에 반월성 천 개 달이 기울지도 못하는
구나

사랑이다 독하게 숨겨라

　　　　　　　　　　　　— 「붓꽃 –운명이다 사랑하라」 전문

내가 이 시편들에서 도착하고자 하는 공간은 꽃의 아름다움

보다는 꽃이 지닌 본질적인 의미에 접근해 보고자 하였다. 물론 그것은 꽃의 의미가 아니라 꽃을 바라보는 나의 의미이기도 하지만 누구에게나 공감이 가는 그런 의미 하나쯤은 어느 꽃이나 다 지니고 있지 않을까하는 막연한 생각에서 출발한 것이다. 사람들마다 꽃을 보는 눈이 다르다. 그것은 꽃에 대한 생각이 다름이라는 거다. 그래서 나와 다른 이가 보는 꽃에 대한 생각을 읽어보고 싶다. 그러기 위해서는 이름에 갇힌 꽃을 풀어내어 자유롭게 두고 내 안의 꽃을 풀어내어 병치해 둠으로써 새로운 의미에 접근해 보고자 한다. 실존하는 꽃의 또 다른 존재를 들추어내고 그 안에서 활개치는 의미를 통해 꽃을 이름으로부터 해방시키고자 하는 뜻을 표출해 보고자 한 것이다. 꽃은 내게 오지 않아도 꽃이었고 이름을 불러주기 전부터 꽃이었다.

참 많은 시인이 꽃을 노래했다. 시인들이 꽃에게서 찾고자 했던 것은 무엇일까 궁금하기도 하다. 내가 꽃에게서 들은 말은 시인이 꽃을 노래하는 일은 결국 자기를 찾는 발버둥 같다는 것이다. 남자든 여자든 꽃에게서 자신을 바라보고 자신을 찾아내고 그러고서는 위안을 받고 간다는 말이다. 나도 예외는 아닐 거라 생각한다. 내가 꽃에게 해 줄 수 있는 일은 목마를 때 물을 줄 수 있는 외에는 할 수 있는 일이 없다. 꽃은 스스로를 간수할 수 있는 능력을 지녔다. 꽃이라고 말해 주지 않아도 자연히 꽃이었고 꽃은 위대한 자연이었다.

어버이 살아 계셨을 때는 손안에 꽃이 없었다

꽃이 손안에 있을 때는 두 분 의자가 비어져 있었다

해마다 돌아오는 오월 앞에서 떨구는 눈물은 꽃이 아니다

끝내 가슴에 달아드리지 못한 붉은 미소 한 송이

쉴 틈 몰래 발등 때리는 눈물이다

— 「붉은 카네이션 -작은 동화」 전문

어느 날 문득 꽃이 내게 왔다. 내가 젊었을 그동안 무심코 지나쳤던 꽃들이 내 눈에 자리잡기 시작한 것은 은퇴 후였다. 그 이전에는 꽃에게 가서도 어떤 감흥이 솟아나질 않아서 그저 꽃이 피었구나, 예쁘구나, 사랑스럽기도 하다는 정도였다.

그러던 꽃이 내가 삶에 지치고 힘에 부칠 때 꽃은 내게 와서 손을 잡아끌었고 눈에 들어 어떤 적극적인 사랑을 요구했다. 그렇게 나는 꽃에 눈뜨기 시작했다. 그 이전에는 생계형이 되어 삶의 한가운데를 달려오느라 변두리에 있던 꽃 같은 아름다움에 한눈팔 여가가 없었다. 지리산을 다니며 숱한 꽃과 만나면서도 어떤 아첨이나 관심을 갖고 덤벼들지 못했다. 이제 약해

빠진 나에게 위로를 던지며 어깨에 손 집어 주는 꽃 앞에서 겸손해질 수밖에 없다. 작은 꽃이라도 깊이 빠져들어 밀어를 나누는 연인처럼 속내를 다 비춰내 보이고 만다.

그래서 꽃은 나의 거울이다. 꽃을 보며 내 속내를 이끌어 낸다. 꽃 앞에서 무엇을 숨기고 말고가 있겠는가. 두 번 만나지 못할 꽃들과 마지막 사랑을 나누는 심정으로 꽃을 노래할 수밖에 없는 것이다.

어떤 꽃을 가장 사랑하느냐는 질문은 내게 어리석다. 꽃들이 내게 다가올 때 순위를 정하고 오지는 않기 때문이다. 그들을 대하는 마음에 차이는 있지만 차별은 없다. 하나같이 모두를 다 사랑한다. 손잡고 싶고, 입술 맞추고 싶고, 코 맞대 비벼보고 싶고, 그 안에 들고 싶은 마음이다. 이런 모습은 어쩌면 꽃의 노예다. 그렇게 살면 얼마나 아름다울 것인가 꽃의 노예, 꽃은 색과 모양과 향기로 나를 유혹한다, 색이 고운 것은 향이 덜하고 모양이 아름다운 것은 색이 덜하다. 그들은 다 자신의 최선으로 나를 유혹하는 것이 아니라 벌과 나비를 유혹한다. 나는 꽃에게 덤이다. 꽃은 나에게 존재다. 나는 눈과 코와 감각만으로 꽃에게 현혹되어 깊게 빠진다. 그것이 행복하다.

시와소금 시인선 142

나에게로 가는 꽃

ⓒ강영환, 2022, printed in Seoul, Korea

초판 1쇄 인쇄 2022년 06월 30일
초판 1쇄 발행 2022년 07월 05일
지은이 강영환
펴낸이 임세한
디자인 유재미 정지은

펴낸곳 시와소금
출판등록 2014년 1월 28일 제424호
발행처 강원 춘천시 충혼길20번길 4, 1층 (우-24436)
편집실 서울시 중구 퇴계로50길 43-7 (우-04618)
팩스겸용 (033)251-1195 / 휴대폰 010-5211-1195
이메일 sisogum@hanmail.net
ISBN 979-11-6325-045-6 03810

값 10,000원